CHARLES DES GUERROIS

Le Poème
de la Cathédrale

Octante et Sept Sonnets

PARIS

ALPHONSE LEMERRE, ÉDITEUR

23-31, Passage Choiseul

NEW-YORK, 13 West, 24th Street

M DCCC XCV

Le Poème de la Cathédrale

Ouvrage tiré :

100 exemplaires sur papier teinté.

25 — sur papier vergé.

1 — sur papier impérial du Japon.

CHARLES DES GUERROIS

Le Poème

de la Cathédrale

Octante et Sept Sonnets

PARIS

ALPHONSE LEMERRE, ÉDITEUR

23-31, Passage Choiseul

NEW-YORK, 13 West, 24th Street

M DCCC XCV

Sur le Seuil

Entrez sous cette voûte en grande révérence ;
L'ombre y dit : Désespoir ; la lumière : Espérance.

— • ✺ • —

O chemin de la vie, ô chemin de la mort,
Vous accueillez le faible et conduisez le fort.

Le Poème de la Cathédrale

I

Sonnet Avant-Scène.

La vieille cathédrale est au fond de mes yeux,
Plus au fond de mon cœur ; je la rêve et je l'aime,
Je me la fais royale en un glorieux thême
M'enlevant du portail au trèfle radieux.

Ma vieille cathédrale, elle m'accueille vieux,
Éternellement jeune et robuste elle-même,
Palpitante de vie en sa beauté suprême,
Sérieusement douce à l'esprit sérieux.

Elle me fait courir un frisson de jeunesse :
En afflux de mémoire il faut que l'on renaisse
Aux printemps consolés, à l'être d'autrefois.

Revivez pour une heure, antiques harmonies,
Murmurez dans la pierre, âmes, subtils génies ;
Voûte à fine nervure, en vous est une voix.

Novembre 1892.

II

Le sens de l'infini, du mystère sacré
Vous saisit dès le seuil, comme un grand ciel de nue
Sous les feux mi-voilés d'une aurore inconnue.
Les générations dans cette ombre ont pleuré

De leurs rêves déçus, de leur dignité nue,
De l'avenir trompeur d'astres faux éclairé,
Des Christs en vain promis, incertaine venue.
Pourtant sous cette voûte on se sent délivré,

Comme s'ils n'avaient pas pleuré toutes leurs larmes,
Alarmés comme nous de toutes les alarmes :
De cette majesté des révélations

Sortent comme des voix — mais elles sont nous-mêmes,
Voix de mystérieux, intérieurs baptêmes,
De nous, au fond de nous, vagues créations.

10 juillet 1894.

III

Un esprit est en toi, reine de la cité,
Un monde de pensée, un monde de mémoire,
Mille ressouvenirs de sainteté, d'histoire,
Une âme de science, une âme de beauté.

Il tombe, le palais par le temps dévasté,
L'ombre qui lui fut douce à l'entour se fait noire,
Du héros dans la nuit s'ensevelit la gloire :
Tu demeures splendide en ta sérénité.

Ton front sous le soleil rayonne, feu d'histoire ;
De ton passé vivant sonne le cor d'ivoire,
Portant à l'avenir un beau chant écouté.

D'automnes, de printemps la nature a ses heures,
Éclatant, se voilant dans ses hautes demeures :
Tu restes immobile en ton superbe été.

17 juillet 1894.

IV

Sonore cathédrale au rude cœur de pierre,
Qui regardes passer les temps silencieux
Comme un troupeau serré sous un œil soucieux,
Tu fais deux parts du jour douteux : ombre et lumière.

Sous le regard plongeant de la grande verrière,
Les jeunes et les gais passent, fronts radieux ;
Sous l'ombre de tes nefs, les affligés, les vieux,
Ceux qui n'ont que de l'ombre au fond de leur paupière.

Ils passent dans le rêve en essayant la nuit,
De leur morte sandale ils ne font point de bruit :
Ils cherchent un rayon de leur paupière vague.

Le monde est nuit pour eux, ailleurs est le rayon :
A travers les vitraux apparaît l'horizon,
L'horizon qui n'a plus le vide sur la vague.

                                    9 août 1894.

V

Génie humain.

Les corbeaux à nos mains ont-ils prêté leurs ailes,
En faisant signe encore aux aigles d'Orient ?
— Les hommes ont tout fait, clamant vers Dieu, priant,
Tendant comme leurs nerfs leurs âmes immortelles.

Les soleils sont venus, et les saisons nouvelles,
Tantôt se lamentant et tantôt souriant :
Et toujours ils montaient les grands blocs, les liant,
Équilibrés au gré des règles éternelles.

Et les corbeaux disaient : « Pour nous un beau séjour !
Le baron mon cousin n'est pas mieux dans sa tour. »
Oh ! le génie humain, plus beau que n'est le rêve,

Et se posant devant la nature, plus fort,
Quand l'homme meurt, disant : Ce n'est rien que la mort !
Le bloc s'ajoute au bloc, l'œuvre immense s'achève.

1er octobre 1894.

VI

En un demi-lointain, sous le mince brouillard,
Mère toujours robuste avec ses deux jumelles,
Montent à l'horizon la tour, ses deux tourelles,
Dans le frémissement des arbres du rempart.

Du lointain, de plus près, elle emplit le regard
La vieille cathédrale, et nos vagues prunelles
En rêve à mi-chemin suivent les hirondelles
Tourbillonnant autour de la merveille d'art.

L'aube est sur les vitraux. Une noble lumière
Comme d'un idéal irradiant Saint-Pierre
Fait du haut monument un céleste degré.

La gaze de brouillard, transparente poussière
Flottant légèrement sur le gris de la pierre,
A la toiture immense est un voile sacré.

Septembre 1891.

VII

Effet de Brouillard.

Sous le bleu gris du ciel pend, sans base, la tour ;
Dans l'ombre d'au-dessous, impénétrable masse,
L'église ensevelit sa large carapace,
Tandis que, glorieux, en haut s'épand le jour.

Son rayon tamisé dessine le contour
De ce que le génie humain prit sur l'espace,
Et que n'entame point encor le temps rapace,
Redoublant de sa roue éternelle le tour.

En son isolement cette tour est sublime,
S'équilibrant aux yeux sur le profond abîme,
Pesant sur l'infini, lourde, assise à jamais.

Heureux quand méprisant l'ombre du vain nuage
Qui, lente ou folle, au gré des tempêtes voyage,
L'âme s'isole ainsi sur de puissants sommets.

Octobre 1891.

VIII

Cathédrale-montagne aux puissants contreforts,
De la pierre en arceaux tu fais saillir les branches ;
L'orage à tes flancs coule en grandes avalanches ;
A l'aube t'éveillant, sous l'étoile tu dors.

De tes toits azurés tu pèses sur les morts ;
Tu laisses t'effleurer la nue en gazes blanches ;
Tu laisses murmurer le vent aux passes franches,
Le givre à tes vitraux broder de frais décors,

— Tes vitraux, tes glaciers que, superbe, colore
Le soir, où se reflète, éclatante, l'aurore,
Tamisant le rayon qui sur le pavé fuit.

Ta nef prodigieuse à l'enfoncement sombre,
Ton chœur énorme, ceint de chapelles sans nombre,
Avec étonnement font silence la nuit.

1er juillet 1892.

IX

Comme devant une Alpe, une haute Yungfrau
Qu'à son commencement la puissante nature
Souleva sur sa forte et secrète arcature,
Pour contenir la nue et les trésors de l'eau,

Montagne cathédrale au superbe manteau
De nuages dorés sur ta large membrure,
De l'artiste sans nom vaillante architecture,
Montagne d'où les voix montent comme un troupeau,

Dans l'esprit étonné des hommes tu fais naître
Comme une idée auguste une forme de l'être,
Un penser de pouvoir, un sens de majesté,

De chant dans l'idéal de l'heure et de l'espace,
Une idée absolue au sein de ce qui passe,
De temps indéfini, presque d'éternité.

1er juillet 1892.

X

Sous l'Orage.

Comme un vieil éléphant sous un grand palanquin,
La tour est ramassée au milieu de l'orage :
Le palanquin fermé, c'est l'énorme nuage
Au puissant dos massif, aux gueules de requin.

Haute tour, dans l'orage est-ce une forteresse,
Abri religieux des petits, des tremblants,
Des regards sous l'éclair soulevés en détresse,
Sous la menace en feu des tonnerres roulants ?

Dans la tour solitaire habitent des murmures,
Imperceptible écho des vieilles sépultures,
Gémissement obscur des races en chemin.

De la tour ramassée et forte sous l'orage
Sortent pour les vaincus, et transmis d'âge en âge,
Ces mots mystérieux et sourds : Hier, demain.

26 août 1894.

XI

Au-dessous de la tour, majesté qui se tait,
Je n'avais jamais vu la grande carapace
Du toit sombre, accroupi dans le bleu de l'espace,
Comme un géant dormant le front sur le chevet.

Je le vois aujourd'hui se levant d'un grand jet,
Étonner dans son vol l'hirondelle qui passe,
L'émerillon chasseur et le corbeau rapace :
Avec ses maigres toits l'homme au-dessous est laid.

Dans ton énormité, carapace montagne,
D'un long regard serein tu vois fuir la campagne
Dans son horizon blanc sur ses taches de vert.

En attendant le chant qui dans le cœur hésite,
En rafale avec bruit le vent te fait visite,
Et dans tes contreforts, redescendant, se perd.

Juin 1892.

XII

Les Ouvriers.

Quels hommes à la pierre ont donné leur labeur ?
Quels maîtres de la voûte ont fait une pensée
Courant sous les arceaux, vers le ciel rehaussée ?
Les hommes n'ont rien dit, généreuse torpeur ;

Peut-être de la gloire encore ils ont eu peur,
Et de leurs grands tombeaux la page est effacée,
Le marbre noir se taît sur leur cendre glacée :
Nous, lointains héritiers, allons dans la stupeur :

C'est qu'ils n'ont point donné le travail de leur âme,
De leurs mains ; de la tour ne jaillit point la flamme
De purs cervaux humains. Les anges sont venus,

Leurs invisibles mains ont soulevé ces pierres
Comme un chêne portant sa guirlande de lierres :
— Et nous rêvons, mortels, sur des noms inconnus.

5 août 1894.

XIII

En face de l'Art Hellénique.

Qu'est-ce que Phidias près de ce grand effort
Du rêve créateur, de l'âme et du génie ?
Un baiser de la muse, hellénique harmonie :
Platon se sent égal à cet art, aussi fort,

Aussi religieux. Homme, il pense d'accord
Avec les dieux amis, son âme est désunie
De l'immortalité, de la plainte infinie
Qui monte vers l'éther de l'ombre de la mort.

L'infini, c'est ici qu'il a sa voix sublime,
Mugissante, éveillant les échos de l'abîme :
L'art s'incline, muet, devant cette vertu.

En lamentations éclate Jérémie,
Le Cantique gémit, plus doux, en l'accalmie ;
Job parle au roi David quand Phidias s'est tu.

5 août 1894.

2

XIV

Ton ombre de partout point vers le paysage,
Grandiose, puissance énorme de beauté ;
De ton ampleur émane une sérénité ;
Une joie à te voir éclaire le visage.

Du *home* hospitalier tu portes un présage ;
Le laboureur te suit : n'es-tu pas la beauté,
Le pur rayonnement de son obscurité,
L'autre vie inconnue envoyant un message ?

Quand du soleil levant te couronne le feu,
Le poëte de loin te croit œuvre de Dieu,
De couleur et d'aspect toujours renouvelée.

Vivante de la vie éternelle de l'art,
Il te suit par moments dans le brouillard roulée,
O tour, même invisible attirant le regard.

17 août 1894.

XV

La Cathédrale au matin.

Qui dira le matin riant dans ses vitraux,
Alentour des piliers faisant chanter l'aurore,
La gamme des rayons en son éclat sonore,
Hymnes intérieurs, mystérieux choraux ?

Le ciel profond d'azur par ses bleus soupiraux
Laisse tomber ses feux sur la tour qui se dore,
Feux mêlés à l'encens d'en-bas qui s'évapore
Comme un brouillard léger qui flottait sur les eaux.

La ville avec orgueil voit l'ombre matinale
Céder sur le parvis à l'aurore automnale,
Et les toits alentour rougissent sous ces feux :

Au parvis, sur les toits vainqueurs du crépuscule,
Quand s'avance le jour et que la nuit recule,
La lumière avec l'ombre a d'indicibles jeux.

En automne.

XVI

La cathédrale est le palais de tous,
Elle a pour tous les parfums, la musique,
Elle vous parle, ô cœur mélancolique ;
Elle ne fait ni rivaux ni jaloux ;

Humbles et grands s'y donnant rendez-vous,
En versets d'or se donnent la réplique,
Des cœurs, des voix, superbe république,
Où sont unis les lions et les doux.

Jeunes et vieux vont d'un chant vers les anges,
Pacifiés, oublieux de nos fanges,
Brises d'amour toutes se pénétrant,

Confusion des volontés cachées,
Lyrisme ailé des âmes rapprochées,
Dans l'infini toutes se rencontrant.

29 novembre 1892.

XVII

Groupez autour de vous, ô familière tour,
Les églises aux noms aimés de la mémoire,
Les églises, troupeau fidèle, antique gloire
Des pasteurs qu'appela pour les sacrer, l'amour.

Les clochers mutilés qui tombent tour-à-tour,
Quand l'aube devient claire et que la nuit est noire,
O cathédrale chère, admirable oratoire,
Ils regardent vers vous. Le jour succède au jour,

Ils regardent vers vous comme à la première heure,
Des hommes à vos pieds abritant la demeure ;
Des berceaux entrevus pointant vers les tombeaux.

Groupez-le, vieille tour, votre troupeau fidèle ;
De clocher en clocher envoyez l'hirondelle,
Et qu'elle dise à tous : Les siècles sont plus beaux.

11 août 1894.

XVIII

Le vertige vous prend à regarder ces toits,
Énorme entassement de maisons presque naines,
Ces clochers de village affilés dans les plaines
Et qu'on embrasserait du bout mince des doigts,

Ces arbres montagneux, taches noires de bois,
Largement espacés sur les croupes lointaines,
Ces eaux, rubans brisés, ces fermes riveraines,
Ces champs qu'ont labourés les anciens socs gaulois.

Une ombre se répand sur les vertes cultures ;
A grandeur de fourmis s'abaissent les statures
Des hommes aux sentiers, à la herse, aux sillons.

Devant l'immensité nous sommes petitesse,
O ducale, royale, impériale altesse,
Royaux, impériaux, pontificaux haillons.

                              27 novembre 1892.

XIX

Des ombres ont vécu dans cette ombre avant nous,
Cherchant à deviner sur le mur sombre, à lire
Le mot mystérieux de l'éternel délire
Qu'on appelle la vie et qui délire en tous.

De la tempête humaine ils ont porté les coups ;
Le front dans notre nuit, hommes furent ces ombres,
Un, puis un, puis un autre, accomplissant les nombres,
Chapelets égrenés, coulant, jamais dissous.

Des ombres ont vécu dans cette ombre, effacées
Comme sur un tableau des nuances passées.
Comme nous un matin d'autres ombres viendront :

Cette ombre restera, poids énorme, sur elles :
Ombre, tu passeras, nous sommes immortelles.
Ainsi des noirs caveaux ces ombres parleront.

8 août 1894.

XX

Ce que disaient tout haut les hommes autrefois,
Ces pierres aujourd'hui le disent à voix basse :
Les paroles de paix s'envolent dans l'espace,
Et les mondes-échos entendent cette voix.

Ces paroles ailleurs murmurent dans les bois,
Dans le feuillage ému par la brise qui passe,
Dans l'ondulation de la mer jamais lasse,
Comme l'humanité, d'obéir à ses lois.

Ces paroles de paix, d'amour, de sapience,
Retentissent au seuil d'or de la conscience ;
Il est dit quelque part : Ces pierres parleront.

Ces pierres ont parlé dans les feux de l'aurore ;
Dans le gris du couchant elles parlent encore,
Et midi les inscrit, Cathédrale, à ton front.

15 août 1894.

XXI

L'église hospitalière est le palais : la mort
Sur le front de chacun y pose une couronne :
La mort conciliante au mendiant pardonne,
Glorifiant celui que son doigt calme endort.

A tous les voyageurs qui touchent à ce port
Elle dit : Sois un roi, ta garde t'environne
Comme les rois d'orgueil dont le bronze résonne,
Je suis celle qui fait au plus pauvre son sort.

Humbles rois, c'est ici que ma main étendue
Vous sacre, ô couronnés : d'une joie éperdue
Embrassez votre haute et sainte majesté.

Votre couronne, elle est à jamais hors d'atteinte,
Rien ne l'obscurcira, votre majesté sainte :
Sous l'éternel abri dort votre royauté.

14 août 1894.

XXII

La cloche d'un coup grave a fait trembler la tour ;
L'esprit est satisfait, l'oreille espère encore ;
Une ondulation court, rapide et sonore ;
De l'airain pour la pierre on sent le grand amour.

Comme une corde grêle en son mince contour,
L'édifice agrandi qu'une brume décore
Vibre d'émotion dans le frais de l'aurore,
Du soleil dévoilé saluant le retour.

La grande voix se tait dans la tour immobile ;
L'ondulation court comme un flot sous une île,
Autour des hauts pignons, des puissants contreforts.

Ainsi quand a chanté la note en la mémoire,
Quand l'âme a repassé bruyamment son histoire,
Un son vague et lointain se prolonge en accords.

23 août 1892.

XXIII

La cloche s'associe à nos rêves humains,
A nos fictifs bonheurs, à nos tristesses sombres ;
Elle pleure sur nous, silencieux décombres
De ce qui fut vivant, vert sur les verts chemins :

Nous écoutons pensifs et le front dans les mains,
Les laisses pour les morts. De grandes lourdes ombres
Tombent du monument sur les antiques nombres
Pour lesquels se sont tus les vagues lendemains.

Eclatez dans la tour, ô triomphes, ô joies ;
Lampes du sanctuaire, illuminez les voies ;
Sacrez pour l'existence un nouveau cœur qui bat ;

Consacrez pour la mort un cerveau qui s'arrête,
Un cœur qui ne bat plus, enfiévré, deuil ou fête,
Et qui prend son repos dans l'oubli du combat.

11 novembre 1892.

XXIV

Quand la nuit est venue au sombre des forêts,
Elle appelle sans voix les voix silencieuses,
Caressant à doux bruit les sapins, les yeuses,
Des mondes infinis murmurant les secrets.

La lune aux bleus vitraux a décoché ses traits :
Comme la brise aux bois les feuilles oublieuses,
Elle éveille l'essaim d'âmes harmonieuses
Qu'entombèrent ici les longs siècles distraits.

Leur vol touche en passant de son léger murmure
La pierre des caveaux, leur vague sépulture,
Les nefs sans fin, la masse énorme des piliers.

Voix grave du passé, musique du silence,
De l'orgue qui sommeille effleurant les claviers,
Des vivants et des morts éternelle alliance.

3 octobre 1892.

XXV

Dans la splendeur du chant et de la lumière

Le psaume de la vie éclate en sa splendeur,
Roulant sous les trois nefs une antienne sonore ;
Il monte de l'autel flambant comme une aurore,
Des âmes, des esprits sonde la profondeur,

Excite comme un feu la rayonnante ardeur.
Le ciel s'ouvre, visible au regard qui l'implore ;
Du manteau de la foi le rêve se décore,
Nous disons : Je vois Dieu présent sur la hauteur.

— Tout se tait, tout s'éteint, l'orgue est dans le silence,
Les cierges ne sont plus la lumineuse lance ;
Tout se perd dans la nuit, l'ombre descend sur nous,

L'ombre descend en nous, le rêve devient doute,
Et nous ne savons plus, aveugles sous la voûte
Obscure : nous sortons ténébreux, un de tous.

12 septembre 1894.

XXVI

Les chanoines ont pris leur sommeil de mille ans,
Rêvant à Charlemagne, au roi Charles-le-Chauve,
A l'hyène Frédégonde, à Chilpéric le Fauve,
La robe tachetée et les ongles sanglants.

Les prêtres en surplis, les moines gris ou blancs,
Les petits prestolets suant l'ambre et l'alcôve,
On revoit ce qui perd auprès de ce qui sauve,
Les Pères à l'œil rude, aux langages troublants.

Mais dans le rêve obscur le verbe fait silence,
Les durs porteurs de fer n'ont plus la violence,
La paix est aux rêvés comme elle est aux rêveurs.

O foule de silence et de paix, je salue
Votre ombre qui vers nous lentement évolue,
De l'âme qui s'exalte échauffant les ferveurs.

Novembre 1892.

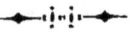

XXVII

Au-dessus de leur tête ils entendent nos pas
Sur la dalle des nefs trainer à marche lente,
Ou peut-être parfois une foule insolente
Promener en mépris du lieu ses lourds ébats.

Dans un rêve éternel, comme ceux qui sont las,
Ils écoutent le siècle en sa vague roulante
Passer tonitruant sur leur dalle branlante
Est-ce bruit de plaisir, est-ce train de combats ?

Que disent-ils là-haut, faisant sonner les dalles
Que foulaient autrefois, pacifiques sandales,
Les chanoines glissant vers le chêne sculpté

De leurs stalles de chœur ? — Passez, siècle qu'affole
Sa griserie immense et vaine de parole,
Son malaise d'atroce et vide volupté.

Novembre 1892.

XXVIII

Des hommes et du temps, des pierres et de l'art,
— Les bois ne germent plus de chêne pour les stalles,
Aux carrières périt le marbre pour les dalles,
Les grands verriers n'ont plus de flammes au regard.

O Délaissé, pour toi, ne coule plus le nard ;
Abandonné Jésus, dans les exils tu râles ;
Le moule en est brisé des belles cathédrales,
Dans les siècles éteints, ô Maître, il se fait tard.

Les pierres, ce n'est plus rien qu'un peu de mémoire
Qui s'étire en lambeaux comme un morceau de moire :
L'ange ne pose plus son haut vol sur les tours.

Tout fuit, tout s'est enfui dans le lointain immense ;
Tout échappe et finit, et rien ne recommence.
Printemps d'art et de foi sont partis sans retour.

12 novembre 1892.

XXIX

Sous l'Ombre de la Tour.

Mon Dieu ! combien de morts ont passé par ici !
Beaucoup ayant porté la vie impitoyable,
Avec le ventre creux étant sortis de table,
A la grande Inconnue ont demandé merci.

Du lendemain obscur, ils ont eu le souci,
Sentant venir sur eux comme un vent l'heure instable,
Et l'esprit s'élever plus noir, plus irritable.
Les humbles ont passé, les orgueilleux aussi.

Sous le même niveau tous ont courbé la tête,
Tous ils ont salué cette suprême fête,
Le commun idéal, le sommeil, le repos.

Ils ont dit : Le néant est le meilleur pour l'âme
— Est-il sage vivant au monde qui les blâme ?
Tous ont laissé pourrir leur chair, blanchir leurs os.

18 novembre 1892.

XXX

Les générations toutes ont dit l'adieu,
Rebelles à la mort, à la mort résignées,
Triomphant de la nuit, de l'ombre accompagnées,
Toutes se reposant dans l'ample sein de Dieu

Je m'assieds à mon tour au seuil du sombre lieu,
Sous le rayon pâli des heures inclinées,
Sentant de l'infini les froides halenées
Par où des doux soleils s'éteint le dernier feu.

Je le dis à mon tour le mot qui tremble et doute,
Comme tous ignorant le tournant de la route ;
A ce monde plus cher parce qu'il est plus vieux

Je répète l'adieu. Ma vieille cathédrale,
Adieu du vieux poëte avant que sa voix râle :
Adieu, reçois ici le dernier des adieux.

18 juillet 1894.

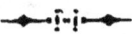

XXXI

La pierre sculpturale a son divin concert,
Son chant religieux de gloire triomphante,
D'un puissant *Te Deum* strophe altière et vivante :
Le saint dans ce fouillis comme l'archange sert

Et vers un paradis en spirale se perd.
Ces saints vers le soleil sortent de chaque fente
Comme un frileux lézard que la nature enfante.
— Concert mystérieux, vague d'un grand désert.

Saint-Pierre *Te Deum*, ma vieille cathédrale,
Prodigieux concert de pierre sculpturale,
On ne vous entends plus, cent ans presque écoulés ;

Mais l'esprit vers les hauts vous suit, chœur invisible,
Circumvolution taciturne et paisible
D'archanges et de saints en un peuple mêlés.

Tout un peuple de saints et d'anges montait sur la façade de la Cathédrale. La Révolution a tout jeté bas, et il ne s'est pas trouvé d'Alexandre Lenoir pour recueillir ces épaves. Cette note aidera, je l'espère, à comprendre ce sonnet, sans elle un peu obscur.

Novembre 1892.

XXXII

Ils sont tombés les saints de la façade en deuil,
Ils se sont dans leur chute écrasés sur la pierre ;
Mais sachant qu'autour d'eux s'épand une lumière,
Ils ne maudissent pas, encolérés d'orgueil.

Eux absents, la pensée est toujours sur le seuil,
La divine gardienne ; ils sont une poussière ;
Mais de la poussière humble a germé la prière,
Guide puissant et doux qui fait braver l'écueil.

Ils ne maudissent pas le monde qui s'éveille
En sa force nouvelle et qui n'eut point pareille
Dans les mondes anciens éteints sous l'horizon.

Ils ne maudissent pas ce monde de promesse,
Bouillonnant d'idéal, en fièvre de jeunesse,
Superbe en sa première, orageuse saison.

12 août 1894.

XXXIII

Les mémoires sont foule ici sous les arceaux,
Alentour des piliers, sous la voûte sonore ;
Les esprits d'autrefois vivent, vivent encore
Dans la lumière éteinte, ainsi que sous les eaux

Leur familier génie, ainsi qu'en leurs berceaux
Les enfants dont la mère éveillera l'aurore.
Les morts, à leur matin que l'ambition dore
Reviennent, les consuls à leurs pesants faisceaux.

Errants sous le portail plein d'ombre et de silence,
Leur beau rêve amoureux vers l'avenir s'élance.
Comme quand ils vivaient sous l'azur clair des cieux,

Dans l'obscur des forêts, sous le bleu de l'espace,
L'étoile qui s'éteint, le nuage qui passe,
Ils ne sont pas les morts, une vie est en eux.

14 juillet 1894.

XXXIV

La lune a jeté son manteau d'argent
Sur le toit grisâtre où s'amassait l'ombre ;
Un grand pli s'attache au contrefort sombre
Longtemps radieux sous le ciel changeant ;

Le pied de la tour dans la nuit plongeant
Pèse d'un poids lourd sur les morts sans nombre
Comme un buis vivant sur un noir décombre,
Un triste hibou sur un if songeant.

En lames d'argent la lune ruisselle ;
Sous ses plis tombants la nuit se décèle
Comme sous un lierre un puissant tombeau,

Comme sous un jet de lumière une aile.
En haut, tout en haut, divine parcelle,
Du rayon dormant s'accroche un lambeau.

Novembre 1892.

XXXV

Heureux qui dans la vie égaré pour un jour,
Dans les horizons noirs ou lumineux du rêve,
Sort, penseur triomphant, de l'illusion brève
Et dans la vérité fixe son vrai séjour !

Dans le brumeux linceul Saint-Pierre avec sa tour !
Le contour indécis hors du regard s'achève
Comme un hardi rocher dominant une grève,
Comme un portrait fuyant que termine l'amour.

Heureux qui voit sa tour émerger de la brume
Sous le nuage d'or qui par degrés s'allume,
De l'humaine prison pénétrant les barreaux.

Heureux qui voit au loin sa tour, point de repère,
Toujours se rapprocher, la maison de son père
Ainsi que ceux d'un temple éclairer ses vitraux.

XXXVI

La Tour vue des Voies blanches.

Ce brouillard, c'est un peuple, une grande cité,
On meurt dans ce brouillard, on subit la naissance ;
Des séparations et des douleurs d'absence
Se partagent les cœurs ivres de volupté,

Morts à la volupté. Dans le vent écouté,
Un son mystérieux de cloches, décroissance,
Puis renflement subit, plus longue défaillance,
Fait voyager l'esprit comme en rêve emporté.

Alors en nous revient tout ce qu'on eut d'enfance,
Tout ce qu'on a reçu de joie ou pris d'offense ;
Alors aussi revient tout ce qu'on eût d'amour.

Au-dessus du brouillard la tour dans le mystère,
Semblant se séparer, flottante de la terre,
Accroche un chaînon d'or, pâle rayon de jour.

Novembre 1892.

XXXVII

Saint-Pierre avec sa tour ! Là-bas est la maison,
Le gîte, le nid cher, aux calmes apparences
Dans l'air grisâtre et lent, vide de transparences
— Le nid, tout ce qu'on voit dans le large horizon,

Ce qui s'est déroulé de saison en saison,
Gîte mystérieux des vagues espérances,
Le nid, tout ce qui fut de secrètes souffrances,
Ta demeure, sagesse, oublieuse raison.

Quels rêves surgiront sous la lampe qui veille,
Quels visages baignés de lumière vermeille,
De crépuscule sombre, ou d'infrangible nuit ?

De quels étonnements, de quelles harmonies
Viendront enveloppés les familiers génies ?
— Mystérieuse encor, la tour monte sans bruit.

XXXVIII

Et voici que des champs je hais presque ces pierres
Blanches sous le soleil, d'insolente couleur,
Ecrasant les tilleuls à l'odorante fleur,
Sous leurs cils recueillis contraignant les paupières.

Votre orgueil ne veut point de guirlandes de lierres,
Pierres, tombeaux du temps ; la nature, elle a peur
De votre éternité morne dans sa splendeur,
De votre crudité terrible de lumières.

Oh ! la nature, elle est plus divine que vous,
Clémente aux cœurs humains, douce avec son œil doux.
Et vous sur la cité vous êtes la menace ;

Vous regardez de haut, ô Cathédrale, ô Tour,
Notre front qui s'incline et nos œuvres d'un jour :
Votre sombre durée insulte à ce qui passe.

26 avril 1893.

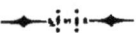

XXXIX

De nos brouillards à nous émerge l'idéal ;
Des régions d'en bas tout-à-coup détachée,
La plante, lierre ou lys, par la pourpre touchée,
De ses feuillages d'or rit au jour plus égal.

Dans le brouillard épais et dru germe le mal :
Vers le silence obscur l'humanité penchée
Interroge en tremblant : s'étant longtemps cherchée,
Elle fuit vers l'azur comme l'oiseau royal.

Dans le monde idéal, dans le monde du rêve
Je monte avec la tour ; l'imparfait, je l'achève,
Le mauvais, je le hais et l'écarte en grondant.

Au pays d'idéal je monte et monte encore :
Au-dessus des brouillards je retrouve une aurore,
Un humide rayon, contenu, débordant.

Novembre 1892.

XL

L'Horloge.

Douze coups à l'horloge : ils sonnent lentement,
Comme l'or qu'un avare en parcelles dépense,
Et s'éteignant enfin dans le vaste silence :
La vie en son canal coule languissamment.

Et pourquoi serions-nous en fièvre, ô temps clément,
Large pour tout désir et pour toute espérance,
Large aussi pour tout rêve et pour toute souffrance,
Pour toute nuit ouverte à tout rayonnement ?

Notre nuit est d'en bas, de là haut est l'étoile ;
En s'écartant de nous le brouillard la dévoile :
L'horloge résonnant perce l'immensité.

Nous, les êtres d'un jour, embrassons par le rêve
Le cercle du grand tout qui jamais ne s'achève,
Petits, mais grands devant l'abîme éternité.

2 août 1894.

XLI

Prière, âme de tous, vous montez vers la voûte,
Essor silencieux et que le ciel entend,
Connaissant du divin chaque insondable route,
Comme l'encens subtil montant, toujours montant.

La prière des cœurs s'élève : qui l'écoute,
Qui l'aide à mi-chemin du nuage flottant,
Sur les croyants élus retombant goutte à goutte ?
O ciel mystérieux, qui la veille et l'attend ?

Qui reçoit dans ses bras, dans son oreille amie
La prière, murmure ou silence, endormie
Pour toujours dans le sein dont un monde est éclos ?

La réponse, infini, la réponse : j'écoute,
La réponse, infini, la réponse: je doute.
La réponse se perd fuyant dans les sanglots.

Novembre 1892.

XLII

Le peuple des prières vaines
Se lève sous l'ombre aux plis lourds
Avec des gémissements sourds,
Echo mort des antiques peines,

De tant d'inexpiables haines,
D'errantes et folles amours
Et de formidables discours
Aux dégradations lointaines.

De tous les coins jaillit le flot,
Un inépuisable sanglot
Des longues heures palpitantes :

Seigneur, vous n'entendez donc pas
Ces voix lugubres du trépas,
Lentes, troublantes, haletantes ?

1er juillet 1894.

XLIII

Priez comme l'enfant, hommes, inclinez-vous,
La prière d'enfant vaut mieux que la pensée,
Le front penché vaut mieux que la tête dressée ;
Usez l'antique dalle, humbles, de vos genoux.

Avant le rendez-vous suprême, un rendez-vous
Bienveillant vous appelle, ò foule délassée :
Apaisez votre cœur sur la pierre glacée;
O délaissée infime, il vous attend, l'époux.

— O vain consolateur, qu'est-ce que la prière ?
Un rayon de soleil sur le froid de la pierre.
La pierre le renvoie au ciel, le froid rayon.

Le rayon n'entre pas dans la tombe écrasée,
La pierre sous la mousse en fût-elle brisée :
L'homme parle si bas, Dieu n'entend pas le son.

9 août 1894.

XLIV

La mère aux longs pensers, aux cheveux blanchissants,
Sous son front qui pâlit rêve aux jeunes années,
Aux trésors recueillis de riches fleurs fanées,
Aux chants qu'elle a chantés dans les jeunes printemps.

Comme au soir les oiseaux, elle n'a plus le chants,
Plus de paroles d'or aux vents abandonnées,
Plus de notes d'argent dans la nuit soupçonnées :
Elle est dans le silence à l'abord des vieux ans.

Elle est dans le sillon la muette cigale.
— Elle ne se tait pas, la vieille cathédrale ;
Elle ne connaît point les printemps envolés.

Toujours la même, elle est aux jours de sa jeunesse :
Que pour les célébrer toujours le chant renaisse,
Le haut chant merveilleux des psaumes déroulés.

29 août 1894.

XLV

Pénombre symbolique.

Un faible rayon tourne alentour des piliers,
Et là haut tamisé par la grande verrière,
De la voûte descend vers la sonore pierre,
Rompant la demi-nuit des nefs, larges paliers.

Ainsi dans la forêt, aux ténébreux sentiers
Tombe sous le feuillage un soupçon de lumière.
A peine est effleuré le symbolique lierre ;
Ils meurent sous la tour les rayons prisonniers.

Ils ont bien travaillé, ceux de l'œuvre sacrée,
Disant ainsi notre âme en sa nuit enserrée,
Poursuivant le rayon qui lui vient, demi-jour,

Assez pour entrevoir les ténèbres visibles,
Trop peu pour pénétrer les incompréhensibles
Verbes ou vérités dont nous faisons le tour.

31 août 1894.

4

XLVI

De la mémoire en nous montent les flots légers,
Pour refaire au vallon un fleuve d'eau courante,
Pour rendre ses parfums à la brise expirante,
Pour rappeler de loin les anges messagers

Jadis penchés vers nous et naguère étrangers :
Elle revit en pleurs la source murmurante,
Comme en un creux de bois rassemblant l'onde errante
Des nuages fuyants, incertains passagers ;

Elle revit en pleurs obscurcis du mystère
Des étés repliés sous l'horizon austère,
Des printemps effeuillés, des jours qui ne sont plus.

Les flots montent en nous ainsi que les marées
Après les lourds minuits, heures désespérées,
Flux doucement grondants après les grands reflux.

23 août 1894.

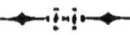

XLVII

L'Obscur au sein de la Lumière.

La grande nef, les bas-côtés
Blutant le jour par la verrière,
C'est l'obscur baigné de lumière,
Flot d'océans illimités.

Par le toit immense arrêtés,
Par l'énorme assise de pierre,
Ils brisent ici leur carrière,
Vers le grand vide rejetés.

Notre nuit aussi s'environne
De lumière ; notre couronne
Est faite d'air, d'azur et d'or.

Donc émergeons vers la lumière,
Franchissant notre nuit frontière,
Volant au loin d'un grand essor.

1892.

XLVIII

La gloire du passé sous ces voûtes ruisselle
Comme un torrent grossi sous les arches d'un pont ;
Au grondement lointain l'écho puissant répond,
Dans l'ombre de ces nefs une foudre étincelle,

Eclairant à demi ce que la nuit recèle.
Dans notre œil obscurci le rayon d'or se fond :
Sages des jours anciens, leur renommée est celle
Qui résonne profonde en notre cœur profond.

Nous reflétons, pensifs, un rayon de leur âme,
Nous portons, moindre phare, un reste de leur flamme :
Ils furent en leur temps, nous sommes l'avenir.

Puissent ceux qui viendront, en voyant dans la brise,
Fendant comme un hardi vaisseau la brume grise,
Flotter notre étendard, à leur tour nous bénir.

15 juillet 1894.

XLIX

Un saint a fait monter sa pensée autrefois
Vers ces puissants arceaux, vers ces voûtes de pierre,
Dans un rayonnement attendri de prière,
Dans l'encens odorant il amollit sa voix.

Son âme, obéissant, sublime aux saintes lois
Vers le ciel qui s'entr'ouvre a tendu sa paupière,
Il s'emplit tout entier de divine lumière,
Sous l'ange de l'idée il abaisse les rois.

Il a passé, le saint, le sage, il est poussière,
Son âme vit encore en pensée, en prière :
Son haut rêve subsiste, en pierre éternisé.

Il sature de feux le vitrail en rosace,
Colorant, étouffant le rayon qui s'efface :
En de pleins souvenirs l'esprit est reposé.

16 juillet 1894.

L

Le Verbe descendait de la chaire d'amour,
De paix, d'austérité, la divine parole,
Le mot d'ordre et d'appel au monde qui s'enrôle.
Le Verbe descendait — que lointain est ce jour ! —

Comme un rayon descend à midi sur la tour.
Le Verbe encor descend, éloquent sous l'étole :
Comme un léger pollen la croyance s'envole,
Pour la poussière d'or il n'est point de retour.

La parole descend sur les âmes encore,
Et dans mon esprit vague elle reste sonore ;
Mais je ne l'entends plus à la source du flot ;

Et je ne lui dis plus : Soyez proche, ô murmure,
Au bassin desséché versez — vous, source pure.
— Murmure d'autrefois, vous êtes le sanglot.

19 juillet 1894.

LI

Droit d'asile.

Le proscrit dans le monde erre, triste de voix,
Triste de cœur, de front, de geste, à portes closes
Le chassent les maisons que parfument les roses
Complices des doux vents ; il coule sous les bois

Ses pas précipités ; il franchit les détroits,
Les isthmes ; il apprend les hommes et les choses :
Aux herses des cités il ne fait point de pauses ;
Dans leur pompe de loin il voit passer les rois.

Rejeté de partout, où reposer sa tête ?
Sous cette ombre, ô proscrit, sous ce portail arrête :
Proscrit, sous cette voûte il n'est point de proscrit :

Écoute, de ce seuil laisse parler la pierre,
Pour tous est la parole et pour tous la prière :
Jésus te tend les bras, ouvre ton cœur à Christ.

3 août 1894.

LII

Anges, faites fleurir sur la terre les lys,
Les violettes d'or, les pourpres amaranthes,
Les lauriers du triomphe aux odeurs pénétrantes,
Les palmes pour les saints mille ans ensevelis.

Pour les antiques morts, souvenirs abolis,
O dalles, entr'ouvrez vos assises vibrantes,
Et rendez-leur un peu des délices errantes
Dont abondent les cœurs des hommes amollis.

Comme un flot du Jourdain coulez au sanctuaire,
Inondez les deux nefs, ô céleste rivière,
Comme un pur Siloé débordez des esprits.

Sur les fronts des vivants soufflez, célestes brises,
Des âmes apaisez les formidables crises,
Des poitrines en feu faites cesser les cris.

4 août 1894.

LIII

Dieu nous fit de ce monde un monde de gaîté,
Une perpétuelle et glorieuse aurore,
Un salut de jeunesse, une fête sonore,
Un printemps d'idéal, de force et de beauté.

Attentifs de naissance et sains de volonté,
Du primitif berceau nous ressentant encore,
Épris jusqu'à l'amour de tout ce qui décore,
Le chant de l'univers, nous l'aurions écouté.

Au chant, au doux printemps nous avons clos l'oreille
Et les yeux ; à la mort notre vie est pareille,
Dans les cœurs pour toujours a péri la gaîté.

Ils retrouvent du moins sous ces voûtes amies,
Le rayon désiré, les graves accalmies,
Où la joie a péri, l'humble sérénité.

7 août 1894.

LIV

Un matin fut promis — ah promis, bien donné,
Beau des rayonnements d'une pleine journée,
Sous la face de Dieu vers nos fronts inclinée ;
Tout fleurissait en nous dans le règne ordonné.

Quel soir nous avons fait du matin terminé,
Quel midi de lucide et morne rayonnée !
En quel soir menaçant cette aube s'est tournée !
Comme cet avenir superbe s'est fané !

Rendez-nous ce matin, lumineuse verrière,
Soyez le chant éclos, harmonieuse pierre,
Le jardin en son ombre, obscur et doux parvis !

Sanctuaire enfermé dans votre nuit sacrée,
Faites revivre en nous la mémoire pleurée,
Soyez-nous, entr'ouvert, le dernier paradis.

7 août 1894.

LV

Les Lendemains.

Les lendemains de fête ailleurs sont accablants ;
On sent comme un grand fonds de larmes retenues,
De gémissements sourds, de plaintes revenues ;
Les jours à s'écouler redeviennent plus lents ;

Les anciens aiguillons nous rentrent dans les flancs,
Tous les flots orageux frappent nos tempes nues ;
Quelque blessure ajoute aux blessures connues,
Nous souffrons davantage, étant plus vigilants.

Ici, l'encens encor, le lendemain des fêtes
Avec plus de douceur baigne les jeunes têtes,
Les vieux fronts inclinés sous le jour au déclin.

Quelque chose d'en haut comme hier nous visite,
Dépose dans notre âme un délice tacite,
Et nous sentons le cœur amoureusement plein.

LVI

Que nous sommes petits devant cette grandeur,
Énorme écrasement pour nos orgueils sublimes !
A peine respirant dans le fond des abîmes,
Des flots amoncelés nous pèse la lourdeur.

Nous sommes en silence, et d'un râle grondeur,
Atòmes égarés, nous accusons ces cîmes ;
Devant cette hauteur nous fléchissons, infimes ;
Ployant, nous résistons mal sous cette roideur.

Relève-toi, roseau sublime, âme écrasée ;
La pierre sous l'effort du temps croule brisée :
Tu vis, esprit céleste, en ton éternité.

Sous nos mains d'ouvrier l'ogive est grandiose ;
Mais pierre, marbre, airain, l'ogive est une chose :
L'âme est le pur rayon d'inquiète beauté.

7 août 1894.

LVII

Gronde comme la mer, ô vieille cathédrale,
Quand l'orgue que remplit un souffle mugissant
Du son prodigieux qui monte, grandissant
Ou s'atténue en brise, imite la rafale.

Gronde comme la mer, la puissance inégale
Qui porte, tourbillon, l'albatros frémissant,
Ou porte l'alcyon sur la vague glissant :
. Pousse le cri de l'aigle ou sois chant de cigale.

Nous sommes dans le rêve, aigle ou doux alcyon,
Terrifiés, joyeux, le front sous le rayon,
Emportés dans la nuit du foudroyant nuage.

Caressés par la brise ou fouettés par le vent,
Dispersés, dans le port au soir nous retrouvant,
Dépose-nous enfin sur le calme rivage.

8 août 1894.

LVIII

La Rosace.

Nous sommes dans la nuit avec un tremblement ;
L'ombre comme le plomb lourde à notre paupière,
Ne laisse soupçonner que la main justicière
Traçant sur le mur noir le mot du jugement.

Les ténèbres en nous ont un gémissement.
— Du côté du levant éclate la verrière,
Et notre œil, inondé du flot de la lumière,
S'ouvre sur un Éden au ciel de diamant.

Voûte aux astres bénis, coupole de mystère,
Enveloppement d'or à notre froide terre,
Porte du paradis par delà deviné.

Tout est beau par delà : la lumière a des ailes,
Pour nous porter, Éden, vers tes fleurs immortelles :
L'homme triste, peut-être en vain n'est-il pas né.

8 août 1894.

LIX

La Rosace.

Rose du Paradis qui fleurissez sur terre,
Dites-nous donc aussi : « Vous fleurirez là-haut ;
Le soleil, les saisons vous furent en défaut,
Chaque âme en ses espoirs a sombré solitaire ;

L'étoile vous trompa, l'ombre vous fut austère,
Vous avez de l'énigme en vain cherché le mot :
Comme le lys des champs refleurissez tantôt. »
Rose du Paradis et du divin parterre,

Vous êtes sans parfum, mais non pas sans beauté,
Éblouissant midi du glorieux été,
Pourpre, émeraude, azur, fantôme de lumière,

Rose du Paradis, pétale incandescent,
Traînant sur le pavé, sous les voûtes glissant,
Des chevaliers du ciel vous êtes la bannière.

25 août 1894.

LX

Quand le midi d'aplomb tombe sur la toiture,
Quand la lumière immense élargit les vitraux,
Que tout paraît orgueil et luxe en la nature,
Comme on voit au soleil étinceler les eaux

Sous les écailles d'or d'une damasquinure,
La rosace reluit en rubis, en joyaux ;
Elle ne semble plus ombre, la créature :
Quelque chose de Dieu dans les creux, dans les hauts

Rayonne doucement : une âme effleure l'âme,
Comme dans un foyer une flamme la flamme ;
Caché dans toute chose un esprit est ici :

Nous le sentons en nous comme dans la verrière,
Comme dans le pavé qu'amollit la lumière,
Vivifiant le mort, pénétrant l'endurci.

23 août 1894.

LXI

Combien d'âmes se sont ouvertes aux promesses
Sous l'inspiration de ces voûtes ; combien
Ont cru sous l'œil du Maître aller du pire au bien,
Se faire dans l'amour de nouvelles jeunesses !

Combien se sont donné de sublimes ivresses,
Se disant : Hors le beau tu ne verras plus rien ;
Comme un fragile acier romps tout mortel lien,
Des brises du matin repousse les caresses.

Combien d'âmes se sont ouvertes vers le ciel,
Ayant cru de là haut entendre un grand appel !
Combien d'âmes se sont dès midi refermées

A ta tristesse, ô vie, à tes paroles d'or
Comme la folle graine en l'espace essaimées,
Sous les voiles de plomb refoulant tout essor !

10 août 1894.

LXII

Ici nous respirons l'air de pure ambroisie
Que respirent au ciel les anges, les heureux,
Qu'aspirent ici-bas les esprits amoureux,
Chauds parfums d'Orient, brises de poésie,

Encens des tièdes mers et des îles d'Asie,
L'air qui fouette le sang dans les cœurs généreux,
Qui calme sous le front les rêves dangereux,
L'âme qui se repent, d'une fièvre saisie.

Embaumés dans l'oubli des choses d'un moment,
Nous nous sentons plus près du léger firmament :
Comme aux portes du ciel flottent des harmonies.

Et dans cet air plus pur, plus chaud de plus d'amour,
Tels que les passereaux qui fréquentent la tour,
Nous volons soutenus par de divins génies.

10 août 1894.

LXIII

L'imagination ici prend son essor,
Largement accordée aux célestes pensées ;
Fantômes ascendants, visions élancées,
Elles ont entr'ouvert le ciel aux portes d'or.

L'imagination, elle veille au trésor
Des richesses sans nom par l'esprit amassées ;
Elle soutient en haut les ailes qui, lassées,
Voudraient se reposer au terrestre décor.

L'imagination soulève un coin des voiles
Qui jusque sur les monts nous cachent les étoiles,
Ou concentre l'éclat trop dispersé du jour.

Quand se taît la pensée en son inquiétude,
Ou sous l'écrasement lourd de la solitude,
L'imagination fait rayonner l'amour.

10 août 1894.

LXIV

Marcher sous ces arceaux, contourner ces piliers,
Promener son pas morne autour du sanctuaire ;
Se reposer glacé sur la voûte ossuaire,
Chasser les spectres noirs comme dans les halliers

On chasse les chevreuils, les cerfs, les sangliers,
Des siècles se sentir au dos le lourd suaire,
Voir tomber de partout l'ombre silentiaire
Qui contraint notre front orgueilleux à plier,

Et sourd, n'entendre point la parole descendre,
Sous le feu de là haut demeurer terre et cendre,
Ne pas lever les yeux vers le vrai, vers l'amour,

Ne s'ouvrir point au sens effrayant du mystère ;
Quand le verbe sur nous tombe éclatant, nous taire,
C'est un terrestre enfer clos aux flammes du jour.

12 août 1894.

LXV

Le temps arrête ici son cours d'emportement,
Et fantôme, il nous dit : Regardez en arrière,
Dans chaque rayon d'or danse un grain de poussière
Qui, moins qu'un souvenir, fut un homme un moment.

Dans le flottant rayon l'atôme s'enflammant
Fait vivre au fond de nous la spectrale lumière,
Repos silencieux de l'interne paupière :
Trop vite reprendra tantôt le mouvement

Qui nous entraîne au loin, vagues désordonnées
Allant vers l'inconnu. Regarde les années
Qui restent en arrière et sombrent dans la nuit ;

Sous tes premiers soleils regarde les vallées
Qui, verdure autrefois, revivent désolées,
Où se lèvent les morts sans parole, sans bruit.

13 août 1894.

LXVI

Que de confessions terribles ont monté
Vers ces pierres sans voix, sourdes, inconscientes,
Confessions d'amour, discrètes et fuyantes,
Confessions du sang dans la veine agité,

Du furieux désir, du crime épouvanté,
Du délire étouffé, de la foi défiante,
De la vie angoissée à la mort souriante,
Du génie en sa flamme, en son vol arrêté !

Et ces piliers ont vu des âmes relevées,
Comme à l'appel du vent des âmes soulevées,
Des plaintes s'apaisant et des cœurs au repos.

Les aveux se sont tus sur les lèvres sereines,
Dans le résonnement des orgues souveraines :
Ils dorment leur sommeil, les pacifiques os.

8 août 1894.

LXVII

Les abeilles s'en vont, la ruche est toujours pleine,
Avivant la saison de son bourdonnement,
Éparpillant au loin ses essaims dans la plaine,
Cherchant sous les vents froids le coin le plus clément.

La ruche se remplit, se vide, sous l'haleine
Des brises ; les troupeaux qu'annonce un bêlement,
Accrochent les lambeaux de leur robe de laine
Aux buissons épineux, leur mouvant campement.

Les abeilles s'en vont, et de sa mélodie
Les accompagne un chant, constante psalmodie,
Gaie ou triste chanson, rire ou gémissement.

Les abeilles s'en vont où le vent les emporte,
Au néant éternel, par l'immuable porte,
Et l'autre essaim succède à leur bruissement.

14 août 1894.

LXVIII

Ombreuse cathédrale, éveillé par tes voix,
Je regarde inquiet au fond de ma mémoire,
Comme on regarde au fond d'un puits à l'onde noire
Où s'image peut-être une étoile parfois.

Et dans le jeu tremblant de cette eau je me vois
Par moments couronné des rayons d'une gloire ;
Attiré fortement, je me penche, et crois boire
A la coupe d'or pur qui frémit sous mes doigts.

Des clairs jours effacés je revois le fantôme
Comme dans la pénombre un marbre sous un dôme.
Ils ne me parlent plus les jours évanouis,

Et je leur parle en vain des espérances chères :
A l'aile du passé les plumes sont légères,
Leurs battements lointains sont à peine entr'ouïs.

15 août 1894.

LXIX

On se détache ici des choses de la terre,
Les yeux clos sur le Livre on regarde au dedans ;
Comme s'ils avaient fui, les soucis débordants,
Guidé par la pensée, on est dans le mystère :

Comme ceux d'autrefois, le doux avec l'austère,
On le vit ou revit ; les rêves imprudents,
On les met en oubli ; les délires mordants,
On les fond dans l'ardeur de l'amour solitaire :

Amour de l'invisible, en silence accepté,
Amour délicieux et jamais rebuté,
Amour qui nous revient en joie, et renouvelle :

Dans le cœur rayonnant le vieil homme n'est plus,
Conscient de la vague après les grands reflux :
Dans le verbe amoureux le divin se révèle.

18 août 1894.

LXX

Ceux qui n'ont point d'amour ici savent l'amour ;
Ici pour l'ignorant des vers la poésie,
Au psaume grandiose, au Cantique choisie,
Résonnent dans la plainte immense de la tour.

Les absents de l'histoire ici lisent l'histoire
Écrite dans la pourpre et le bleu des vitraux ;
De Joseph, de David rayonne la mémoire,
Le char de Pharaon s'engloutit dans les eaux.

Ici les beaux concerts pour celui dont la vie
Par l'Alboni jamais n'exulta réjouie ;
Ici les doux parfums inconnus aux taudis.

Ils n'ont point les châteaux fleuris de grands parterres,
Ceux qui du froid grenier sont les froids solitaires :
Pour eux dans l'encensoir fleurit le paradis.

18 août 1894.

LXXI

Ici se donne à tous le baptême des pleurs.
Par l'invisible main nos larmes recueillies,
Essence qui n'a plus l'impureté des lies,
S'épanchent sur nos fronts, apaisent nos douleurs.

Plus douces de parfum que l'haleine des fleurs,
Par elles on revoit des images pâlies,
Songes évanescents, mémoires affaiblies,
Présences d'autrefois qui fleurissent ailleurs.

Il tombe sur nos fronts le baptême des larmes :
O vie, ô triste vie, une heure tu désarmes,
Le baptisé des pleurs est le renouvelé ;

Et chacun, s'inclinant sous la douce rosée,
Sent, en interrogeant son âme reposée,
Un élu dans celui qui fut un appelé.

18 août 1894.

LXXII

Silence harmonieux.

Dans ce vaste silence il est une harmonie ;
Tous ne l'entendent pas, mais elle parle à tous,
Et le triste ouit mieux, priant à deux genoux,
Ce langage muet de douceur infinie.

Un indéfinissable et céleste génie,
Avant d'être appelé fidèle au rendez-vous,
A l'âme qui l'attend fait pressentir l'époux :
Dans le psaume éternel d'avance elle est bénie.

La musique ineffable, elle fait oublier
Les liens pénétrants dont on se sent lier
Pour un jour — triste et bref — par la marâtre vie.

La note du silence, elle prend au portail
L'esprit, et l'enlevant dans l'azur du vitrail,
L'enveloppe, en amour, en calme épanouie.

22 août 1894.

LXXIII

L'hymne au long des piliers monte, volute obscure,
S'enroule comme un lierre autour des vastes fûts,
S'écrase à travers l'ombre à la voûte, confus.
Puis la lune soudain s'infiltre en ce murmure,

Plus silence que bruit, et baisant la sculpture,
Emplit la vaste nef, rayonnement diffus,
Imperceptible flux, insensible reflux,
Descendant, remontant de voussure en voussure.

Comme sur un désert éclat mystérieux,
Comme sur les forêts silence harmonieux.
— L'hymne cher à la nuit persiste dans l'aurore.

La lune évolutrice est remontée au ciel,
L'hymne dans le matin devient plus solennel,
Et de plus de beauté le vitrail se décore.

24 août 1894.

LXXIV

Sous les arceaux fuyants laisse venir la nuit,
Dans le silence obscur laisse entrer le silence ;
Des invisibles chœurs double la vigilance,
Apaise les vieux morts qu'épouvante le bruit.

Éveille écho charmé le souvenir qui fuit ;
Le jour crépusculaire et que la nuit balance
Dans le couchant rêveur qui s'entr'ouvre, s'élance.
Mémoire, échappez-vous du magique réduit ;

O jour mystérieux, éclairez nos ténèbres ;
Emportés par-dessus nos abîmes funèbres,
Ravivez la chanson mourante du passé ;

Aux dédales aimés promenez-nous encore
Sous les arceaux éteints de la voûte sonore,
Sous le vitrail profond par la nuit traversé !

                                    23 août 1894.

LXXV

La Voix de l'Horloge.

Comme des profondeurs du temps
Le son lent et caverneux monte ;
Comme en un rêve vague on compte
Les coups, autant d'heures et d'ans,

Tombant, si rapides, si lents !
Le marteau frappe sur la fonte,
Coups alentis, fuite si prompte
Des étés brefs, des courts printemps.

Creuse et sublime résonnance,
Imperturbable désinence,
Ame profonde de la nuit,

Vous planez sur ce qui commence.
Sur la chose infime et l'immense,
Sur ce qui naît et ce qui fuit.

14 septembre 1894.

LXXVI

Le manteau de la nuit tombe sur le pavé,
Et la terreur descend devant elle, avec elle,
Avec la lourde nuit dont on sent passer l'aile
Comme sur une mer un vent qui s'est levé.

Sans penser, sans savoir, l'esprit est captivé,
Celui qui se soumet comme aussi le rebelle;
Chaque âme entend de loin une voix qui l'appelle :
Ce qu'ébauche le jour par l'ombre est achevé.

A travers cette nuit, ce vaporeux nuage,
L'œil a sa vision sur l'éternel rivage;
Un vol nous a portés sur le seuil d'un palais.

Et, fantôme, on se sent dans le néant des choses,
La sombre poésie a fait taire les proses,
Et quand la voix appelle, on dit tout bas : Je vais.

24 août 1894.

LXXVII

Elle vit son passé de souvenirs berçants ;
Toujours les visions superbes des vieux âges,
Les rois agenouillés, religieux visages,
L'arbre antique, aux rameaux touffus et repoussants,

Aussi jeune toujours sous les rayons puissants
Des astres non pâlis sur d'éternels rivages.
Elle n'a point connu les désolés ravages,
La vieille cathédrale aux arceaux de cent ans.

Murmurez, souvenirs, dans les âmes mortelles,
Comme dans les forêts les hymnes éternelles,
Comme dans les esprits les poèmes vivants.

Passez, ô souvenirs, sous les portails mystiques,
Passez, songes d'antan, grands poèmes mythiques,
Passez harmonieux sur l'aile des grands vents.

Octobre 1893.

6

LXXVIII

Saint-Pierre et Saint-Nizier.

Nizier est aux genoux de Pierre, humble vassal ;
Il rend, silencieux, à son maître l'hommage :
Pesez sur le vieux toit, ô grisâtre nuage ;
Enveloppez la tour, rayon, puissant fanal.

Éclatez, voix d'airain, glorieux idéal ;
Dans une mer de son qui monte vers l'orage
Engloutissez la voix grêle qui n'a point d'âge
Et voudrait dominer le vent oriental.

Faites voler l'encens jusqu'à Nizier, ô Pierre,
Mêlez l'oraison basse à la haute prière :
Dieu d'un pareil esprit les ouït toutes deux.

L'évêque aux crosses d'or, sous l'étole le prêtre,
Le chanoine et le clerc, le vassal et le maître
Sous un même niveau font les mêmes aveux.

29 septembre 1894.

LXXIX

Des fleurs sur le parvis gisaient abandonnées,
Exhalant leurs parfums dans un reste d'encens ;
Lys, rose, violette, œillets incandescents
Vers la voûte envoyaient de tièdes halenées :

Pauvres fleurs du matin que le soir a fanées.
Ainsi se faneront, vierges, vos jeunes ans,
Ainsi vous vieillirez, ô cœurs adolescents
Qui portez un sang rose aux tempes couronnées.

Sous ces voûtes demeure un peu de votre cœur ;
Mais du monde déjà sur vous le cor moqueur
Vient, et vous vous mêlez à la foule railleuse.

Enfants au cœur léger, vierges au cœur profond,
Vers la dalle sonore inclinez votre front,
Gardez un peu de vous dans votre âme oublieuse.

11 juillet 1894.

LXXX

Les Ténèbres en nous.

Comme un mur resserré la nuit nous environne ;
Dans le cœur, dans l'esprit, sur le front, dans les yeux
Nous la sentons vivante, et tristes, sérieux,
Nous poursuivons de près, de loin ce qui rayonne :

Les ténèbres nous sont une lourde couronne,
A trop de vérités ayant dit trop d'adieux,
Ayant trop salué de doutes soucieux,
Trop frappé la cymbale où le vide résonne.

Sous la lampe éternelle ici n'est point la nuit :
La haute lampe, elle est une étoile qui luit
Pour eux ; pour quelques-uns elle s'allume encore :

Ils ont trouvé, ceux-là ; croyant, ils ont trouvé ;
Croyant, ils sont heureux quand d'autres ont rêvé,
Tout le jour jusqu'au soir leur rayonne en aurore.

3 août 1894.

LXXXI

Je voudrais ne plus voir la tour, la cathédrale,
N'entendre plus le chant montant vers les arceaux,
Branches de chênes drus, vergues de grands vaisseaux,
Qui tiennent bon quand vient la tempête brutale.

Combien j'aimerais mieux l'aile de la cigale
Sonore aux chauds sillons, la musique des eaux
Dans leurs ébats joyeux contournant les côteaux,
Les feuillages émus, la brise musicale !

Toujours la cathédrale et le jet sur la tour
Du soleil et de l'ombre accomplissant leur tour,
Toujours la cathédrale et la tour qui m'appelle.

Toujours le vaste chant, toujours sur les arceaux
La musique brisant ses orageux faisceaux,
— Et mon âme toujours cède, parfois rebelle.

12 août 1894.

LXXXII

La Tour du Nord. La Tour du Midi manque.

La tour, nid de corbeaux est veuve de la tour.
Idéal, idéal, tout fuit, rien ne s'achève ;
Toute grande pensée est essence de rêve,
Toute vapeur d'aurore est veuve de clair jour.

Le réveil dans la vie inquiète l'amour,
Le flot meurt, n'ayant point touché l'or de la grève,
L'arbre n'épuise point le trésor de la sève,
L'astre qui s'est levé n'accomplit point son tour.

Idéal, idéal, héraut de toute fête
A tout plaisir promis une joie imparfaite,
A tout rêve un réveil, à tout livre un signet.

La tour monte à l'aurore éclatante et superbe,
De pierre et de soleil prodigieuse gerbe.
Et l'ombre avant le soir dans la brume gagnait.

25 septembre 1891.

LXXXIII

Le Clocher qui n'est plus.

Il se fit un fracas au-dessus des toits gris :
Sur le clocher venait de descendre la foudre ;
Les pierres de là haut sur l'ardoise étaient poudre,
Le hibou dans son trou s'effarouchait surpris.

Quoi donc ! à ces hauteurs le tonnerre s'est pris !
La foudre niveleuse où fit œuvre l'équerre !
Comme un plomb dans une eau transparente naguère
Descendent les moellons par le maître pétris.

La vieille cathédrale est la découronnée,
On se sent un effroi pour cette abandonnée,
Comme près d'un lit vide on a peur de la mort.

— Elle ne mourra pas la vieille cathédrale,
Elle se dresse au vent, la galère amirale,
Séculaire, immobile à l'ancrage du port.

28 novembre 1892.

LXXXIV

De dix siècles encor l'âme vit dans ces pierres,
Pour vivre encore après vingt siècles écoulés ;
Des pensers d'autrefois ces déserts sont peuplés,
Déserts des temps nouveaux, des modernes prières.

Du parvis, ô vieillards, ramassez les poussières :
Les pensers d'autrefois sous vos pieds sont roulés,
Les pensers des aïeux sous l'herbe rassemblés,
Vides les grands fémurs et vides les paupières.

Leur âme n'est qu'ici, morte dans votre flanc,
Vous n'avez plus leur vie ayant encor leur sang,
Plus de crainte est en vous avec plus de lumière.

L'enfer qui s'est éteint se rallume en vos cœurs,
Et Méphisto sur vous tient des propos moqueurs :
Des siècles écoulés vous êtes la litière.

5 octobre 1894.

LXXXV

Adieu, Saint-Pierre, adieu témoin
Du passé qui se renouvelle
Dans notre souffrance mortelle,
Humanité qui vient de loin :

Atômes dont la mort prend soin,
Dispersés, poussière éternelle,
Semence docile ou rebelle
Aux vents qui soufflent de tout coin.

Adieu, ma vieille cathédrale,
Poème, strophe sculpturale,
Hymne des générations :

Passez, voix de toutes les fêtes,
Des désastres et des tempêtes,
Passez, glorieux tourbillons.

23 novembre 1892.

LXXXVI

Suprême Adieu.

J'ai dit souvent l'adieu que j'ai cru le dernier,
Comme on presse vingt fois une main trop amie,
Sous les yeux humectés dans la nôtre endormie.
L'adieu renouvelé toujours est le premier,

Et toujours je me sens moi-même m'oublier,
En l'obscur demi-jour qui dans l'ombre s'émie,
Dans une enveloppante et subtile accalmie,
Les pieds sur une dalle et le dos au pilier.

Adieu voûtes, adieu transept, adieu verrière,
Adieu, silencieuse ombre dans la lumière,
Sanctuaire muet où l'ancêtre a prié.

Le cœur sombre a cessé d'exhaler la prière ;
Adieu, silence ami de l'ombre et de la bière,
Ami du nouveau-né qui tantôt a crié.

3 août 1894.

LXXXVII

Aussi vieux que le monde est vieux
Gronde mon chant, voix solennelle,
Mais d'une jeunesse éternelle,
Il éclate, si glorieux !

Redoutables sont les adieux
Qu'à chaque nuit il renouvelle ;
Mais sa bienvenue est plus belle,
Son appel plus harmonieux.

Éteignez-vous, races superbes,
On vous foule comme les herbes ;
Vivez, ô générations !

Sur ce seuil d'ombre évanouie,
Tout meurt, tout vient reprendre vie :
Levez-vous, sombres nations.

14 août 1894.

Les Portes se referment.

Vous m'avez éclairé, verrière,
Vous m'avez accueilli, lumière :
Refermez-vous, divin portail ;
Éclairez toujours, ô vitrail.

10 août 1894.

TABLE

—

TABLE 95

Troyes. — Imprimerie Gustave Frémont, rue Urbain IV, 85.

AUTRES OUVRAGES DE CHARLES DES GUERROIS

POÉSIE

SOUS LE BUISSON, premiers chants, un volume in-12.

PAYSAGES, un volume in-12.

PRO PATRIA, Iambes et Élégies, un volume in-12.

SONNETS ET PETITS POÈMES, un volume in-12.

NOS GRANDES PAGES, un volume in-12.

A LA MORT DE VICTOR HUGO : cinq sonnets. Plaquette in-12.

ÉTUDE SUR MISTRESS ÉLIZABETH BROWNING, suivie de ses Qua-
rante-quatre « SONNETS PORTUGAIS » et de quelques autres
de ses poèmes, un volume in-12.

LA FRANCE HÉROÏQUE, un volume in-12.

TIMON D'ATHÈNES, traduit de Shakspeare, avec une Introduction,
un volume in-12.

PAROLES DE POÉSIE, un volume in-12.

AU PAYS DES ÉPÉES, un volume in-12.

Avωθεν, Poèmes de l'âme qui chante, un volume in-12.

FRANCE TOUJOURS, un volume in-12.

VARIATIONS SUR DES THÈMES VIRGILIENS, un volume in-12.

DEMI-TONS A DEMI-VOIX, un volume in-12.

DANS LE MONDE DE L'ART, un volume in-12.

VIREVOLTES ET CARONADES, un volume in-12.

CHANSONS ET RAYONS, un volume in-12.

NOTES ÉPIQUES, un volume in-12.

PROSE

PENSÉES DE L'ART ET DE LA VIE, un volume in-8º.

JEAN PASSERAT, Poète et Savant, un volume gᵈ in-8º.

LE PRÉSIDENT BOUHIER, sa vie, ses ouvrages et sa bibliothèque,
un volume in-8º.

Troyes. — Imp. Gustave Frémont, rue Urbain IV, 85.

www.ingramcontent.com/pod-product-compliance
Lightning Source LLC
Chambersburg PA
CBHW051553280626
47162CB00022B/2176